詩集

ルート29、解放

新装版

ROUTE 29
Liberations

中尾太一

書肆子午線

目次

ルート29、解放

わたしのなかの、わたしたちへ

誘蛾灯

もう今は、開けられない
ひきだしの奥で
ちびたエンピツみたいに
黒くなっている
あなたの幼生
転がって、ころがって
ほんとうは、ひと夏しか生きられない「瞬間」の
光だったけれど
ころがって、転がって
いつか、とてもせまい声の道に
入っていく

その軌跡が見えた目を
洗う
レトリックという水を、汲んだ手の
めざめ
そのずっと内がわの血の道に
「それを開け」と疼いている
暗やみがある
分解された食べ物にまぎれて
それが
あなたの地下へ、地下へと浸潤してゆき
摘み忘れられた林檎のように
「私」という一人称を覚えた日
あなたはきっと
言葉になりはじめていた

遠くのようで
近かった
キャンプ・ズーの炎をめざして
わたしは歩いてきた
手品のような忘却の
barn で
燃えそこなって
それから寝ぼけ眼で
物語の前奏をトチっている
つまり焚火のすぐとなりに生えた
題ナシの木にぶらさがりにきた
足がとどく地面なら
なにかをたとえるたびに倍になる比喩《のような》の魔法で
つくった影と double《トモ》 になった
だけど足はとどかない
つくれない影と題ナシの木
そのあいだのわたし

ぶらさがったまま attitude《アチチッて》
前奏を響かせられないなら
生きることが
臆することとおなじにならないよう
手紙のなかのテガミに
こうやって書いた

ひとりで歩きだしたのなら
人は死に恥じることなし
そこに向おうとしている
まだ幼生であるわたしの短い手足や
ちいさな頭を
押して
メがでたら道をゆく

永遠はもう経とうとしている
軽くなった約束が

貧困国といっしょに開く
内がわに
巨人の「さびしい」が遠ざかる
わたしという幼生がその端っこをすこしだけ食べた宇宙も
想像力の箱から消える
アニメーションの流星が
海のなかでおおきな筋肉を動かすと救われる誰かがいる夜
わたしの時間も経って
清流までのあと何マイルかが遠い
それ以上退行しない人間は
叶わない夢に似ている
わたしがキャンプ・ズーをかたづける
ここが「わたしたち」のバ（リ）になったと
残るばかな影法師をだます詩に
わたしもだまされて星の位置が自信を持った
うたと音韻のさだめが
二人称の吹き出ものに悩んだ中生種に

満ちていく
いつまでも終焉のかたちをしている時代
わたしは
次に始まる人の姿をたくさん
わたしのなかで消していたっけ
途方に暮れるわたしをちいさな納屋に入れて
熟れていく体の緻密の
音だけが聞こえていた
別の「果実」のかのうせいが
その内がわを色彩で満たしていく音も
となりで聞こえていた
すう、すうー
しっぽをぴょんと立てて
こぎつねのようにわたしもこの夜を横ぎりながら
笑っていたと
定点カメラを確認しにきた人が
こころを許す誰かに話した

やっぱり人間がいいな
あれ？
そんなことをわたしはいったっけ
詩の空にたわんだ「永遠」の外骨格が
爆ぜた音かな
あるいは政治的ともいえるわたしの運命が背負うものだな
巨人の「さびしい」がまだ聞こえる
瞳の扉を開いて
貧困国の喉を炭酸になって一気に駆け抜ける
下水道をきれいにしながら手をつなぐ
悲しいけれど豊かだといいたかっただけ
わたしの血のなかで奮起する
何十億もの星屑《ヒトタチ》
おおきな筋肉をつかったからわたしの軌道はいつもおおきいの、と
ファミリーネームをよゆうでささえるこころの鼓動
わたしの体になされたほどこしを下から上に持ちあげて
わたしはじぶんの輪郭に「忘れもの」と名づける

誰かに抱きしめられても
その腕からすり抜けられるし
空のむこうの稜線までいけるし
わたしに置いていかれる国の
海岸線に姿をくらましたハマサカの坂や
ウラドメの浦を
すなどれもする詩
わたしがかたちをかえても
希望とは
ただ星を見あげてまっ暗な銀河に吸いつくされる
わたしという一日のかのうせいに閉じこめられた
血潮のざわめき
Knock, knock
こぎつねの歌よ
また完成品のぶひんを壊しにいこうか
悪いわるつだ
これからまた

一片の影もできない真夏のバス停で
永遠の待ちぼうけをくらうやつだ
Knock, knock
こころを許したからって
ほんとうなら殺しあっていたはずのわたしと友だろう?
わたしはわたしの輪郭線を「塹壕」にたとえていく
こころにひとつしかないその花の名前を抱えて
わたしが越えていくわたしのむこうに
テロルの煙があがる
わたしがわたしという世界の先へいくことをほんとうは
許してほしかった
いまだわたしという一日のかのうせいにゆらゆら
かげろう道よ
裏の表意である道よ
そこに生え変わる木もその未来も
なにかを望む権利を血に隠して
遠くに見える火に向って歩いている

天々《アー》
わたしという
一日のかのうせいに閉じこめられた血がざわめく
詩のおおきな影が二十世紀から
わたしが潜った扉を連れてきている
どうしてじぶんが語ることや
じぶんを語ることにくじけているのか、と
けっして誰かには伝わらない責任の暗がりで
明るんでいるのはほかの誰でもないのに、と
わたしの名前は「忘れもの」
朽ちた木や
ついえた炎のさびしさに
ひたすらに制止されても
「好きな言葉は星」と
じぶんを好いてくれる誰かに
ようやく伝えようとしている
星よりむかしの時間があるのなら

その具象をいうのだけれど
適当な表現を知らない
時に固有があってこそ愛はうまれるからだ
それだけが内なるもののなかで
外をつくっていくのでしょう?
わたしの輪郭に放たれた
かのうせいという動物の
barn が燃えて
わたしの背骨のわん曲に灯る詩が
人間になる
それは人間にもまして旅立て!
わたしは
草書の馬の足あとを
偶数ずつふやしていく夢を見た
わたしと誰かのまどろみは
光速で閉じる共同体
どちらかが目を覚ませばまた一になるむなしさを

しっかりと摑んで
存在のほんとうの家は
放蕩の言葉だと
わたしのまっ暗なふちに唇をよせながら
ゲノムを組みかえ
命をそこに係留する、この背骨のわん曲を
またおおきな軌道でなぞってみればいい
それが「行」かい
ちゃうね
なんか、「行っちゃう」ね
わたしはたぶん
多数への道を歩いている
ポリティクス、生命
昨日のカードゲームで引いたへんなつがいを
捨てることができないで
あの等高線からまた別なところへ
からっぽの籠を背負って移動していく人たちの

内にやしなわれ
わたしのなかでは
みんなが離散していく
その音が
「派– Pa」と聞こえる
コギトの「さびしい」が
遠くからこっちを見ている
MOku, DOku
風の鼓動がそのときわたしたちを横ぎっていた
詩集が
季節になっていた

「産もうと思う」

希望とは
ただ星を見あげて
まっ暗な銀河に吸いつくされる

わたしという一日のかのうせいに閉じこめられた
血潮のざわめき
ただそれだけのこと
Knock, knock
これは扉を閉じる合図
おやすみのあいさつ
わたしの明日が超越であったとき
こんや眠りにつく子と
ずっと起きている子のどちらを
わずかばかり生かして
たがいの祈りの番をさせるかという宿題に
もういない
同窓の骸骨と取りくんでいた
なつかしい夜
わたしたちは
生きているのか死んでいるのかわからない日々の
なかばそこに滲んでいく夢として

たがいの思想の橋を
たがいの言葉で渡っていった
いまはもう
誰もが誰もの死と幸せを枕辺で考えるようになった時代
わたしも
生まれ持つ貧しさだけが地べたに願う
固有の世紀を
娘の娘
さらにその娘のころにあてがって
いつか
愛しいものとおなじ床に
並んでいられるのかな?
りんちりりんと
詩を予告する言葉の鈴が
どこかで鳴っている
わたしはわたしのほんとうの声が聞かれていいものか
迷うから

いつしか両手で描くようになった直覚を
利き手の由来と表現に
交換させて
この扉のかたちをした本の妥協を
そこに鎖されたわたしのこころを
今日
誰かに開いてほしいと思う

ルート29、解放

ROUTE 29
Liberations

1

飛行機雲

いつもついでに思いだす
人を見下していること
忘れること
忘れられないこと
あなたがわたしを忘れること
あなたが夢を見ないこと
あなたが
あなたがわたしを殺しにこないこと
なに見とるだいやっ、て方言なんてわたしが
ぜんぜん覚えていないこと
訴状が届いていること、方言で
ずっと届いていた、読めない、まだ生きる意味を知らない
言葉のこと
そのうちわたしの昔の町にも
ラップが生まれるだろう、その前に
なぜか軽薄を唇にあらわにして
十九歳の格好のまま

帰りたい、道に沿う
河川を見たい、そこで
あなたのラップをひとりで聴きたい毛の生えていない
あなたの人生の路傍の石が、わたし
たっぷりまぶす毛生え薬は粉糖
わさわさと
単線の暗がりをインバウンドに変える魔法
わたしがこうなったのも
あなたがこうなったのも
成り行きだから
どうしようもない、そうして
あなたの空が曇っていくのにまぶしい
わたしのこころが飲み込んだままのあなたの年齢
その数を
一つめの犬、二つめの犬、と数えて
殴打、嘔吐、と指折り土に植えた第一関節から先
から透明になっていらい

ものをつかめない、体験がない
ものを覚えないから記憶でまかなう体がじぶんを信じるこころをなくす
だけれど
誰もいなくなった部屋の鍵を持って
あなたの知らないあなたの未来の家には
どうしてか、わたしが先についていて
わたしを殺しにこないあなたを待ちながら
秘め事の結び目をほどく、なぜか
体を売るような気持ちになって、わたしは
「どうぞ」と
あなたにゆだねる自分の性を笑う、手紙を書く
何度目かの清書には
わたしがなぜ殺されるのかが書かれてある、これは友人にはいうまい
瞼には裏がある、そこで隠れて会った人たちによって
影はより濃く
わたしの居場所を知らせる虫をあなたによこしては
誰かがいなくなる部屋の鍵を持って

わたしはまたどこかに逃げていく
ついでに思いだす
ふと忘れる
生きていること、帰ること、家に、それを
何度目かの清書で書くこと、それを
誰に伝えていいのかわからないこと
いや、わかっていること、わかっていることは
あなたがわたしを忘れたということ
そんなこと許されるのかと思うわたしがいること
同窓会にいこうか
のうのうと一服して、ジャッジは充分に自己を実現し
口から入って尻から出る
天秤に修辞と自由詩を載せたずっとうしろの正面に
誰が暮らすのでもない家
そこから歩きだしたわたしの一日と
いつまでもそこに帰れないわたしの一日の
時差に迷うこころが

逃げている
でも捕まってもいいのは
わたしの峠が静かだから
わたしが忘れること
ふと忘れること
死ぬこと、家に帰ること
ボやケた町でたゆたう龍の字が煙になって語意はモンタージュ
これが本になるよと誘えば背の順に並んだ主語《わたし》がハモりだす
先頭のチビ、さかしい評論家みたいに振り返って
あいつとあいつが嘘をついたと何十年も指さしている
じぶんが大人になってあいつとあいつになるのだからチクっても意味がないが
意味があるとしたら嘘をつかないということは口から入って尻から出るような
簡単なことではないと
嘘をついたあいつもあいつも
理解するということ
理路の夜は下水
放尿で弧を描こうかと思ったが下着に染みてズボンに染みて

置いてけぼり
浮かぶ舟のなかのてんてんは月のなごり
居残りの中坊と運命がおっかけっこを始めてさよならの理
男の子の初潮で、男の子はからになる
夜もこい、流されてこい
わたしの峠
モルゲンロート変換してアサヤケの
縁結び変装してケハエグスリの
峠に誰か
遠吠えをして
あなたは夢を見なかった
わたしは見た
あなたの夢を見た
わたしのこころに代筆はいらない
わたしのこころは
開くからだ
開いた先のことを話せば

行方不明の性器と臓器をうけとる人たちはみんな男だった
わたしの番がきたといまなら前へ前へと
進みでていく
わたしだけの生死
ふたつが手をあわせて一本、中指を立てる
わたしはここまで逃げた
わたしの峠だ
ゆくものもくるものも
落としもの
峠、わたしはこの町の鞍部をなぜかそう呼ぶ
精神の具足虫をむしょうに潰したくなる夜
毛生え薬には女のまじないが混ざっていて
ずきずき、恋よりも先にうずく空虚が第二次性徴
まじわりのはじまり
バスはふみきりを渡り
ふみきりの溝でシリコンの種に絡まり
暗い将来の蜃気楼をあなたは見るようになる

わたしはわたしの峠、ここまで逃げてきた
紡錘形のダムの底、一点の星の住処
ふわり、大乗の町の煙が冴えてきて
ぱっと散る
フル装備の移住者がびっくりする
線路上でするあなたの大便が
霧のなかからあらわになって
言葉になって
こころになって
「なに見とるだいやっ」
毛の生えとるやつはそんないいかたはしないのだが
わたしはうっとなって
「なにかを見ている、そしてなにかを考えている」といえればよかったと
思いだす
それがなにかわかるまであと何年かかることだか
おそらく
即答できなかったのは

性の根っこに絡みついているのが蔑みだから
わたしが染まっていく人という
わたしの明日が見えなかったから
以降、自己否定には永遠がともなうかと思われたが
悪意や無知にもつりあわない自己は死ぬ価値もない
この死ぬ価値というものが
第二次性徴
乳首の下のしこり
立てた中指
と表出していく
ついでに思いだす、ふと忘れる
ふと覚えている深海
水はそこから逆流してくる、そんな言葉の起源もあろうよ
くそくらえの太古
小石に毛が生えない、毛が生えないように守られたのは
なにが大事だったからだろう
ああそれはね、と

答えを処理しにかかる過去も未来もない表情や
言葉の虚無が
日本人の果てを撮った集合写真になる
そのなかに
なぜわたしの根っこが詩という夢の切り株に巻きついたのか
それを合点した、まだちいさなわたしが
写っている
みなと同じように頭を丸めて
みなの将来を閉ざす大きな不安を感じながら
十三歳になり
十四歳になり
同じ国の
情けない夕暮れに伸びていく影のなかで
だれかと手を繋ごうとして居場所をなくした
そんな気がした
長い放課後
わたしは

性に分かたれて失ったものを
知ることがない
だからわたしは夢を見る
わたしは
あなたをついでに思いだし、ふと忘れる
言葉はわたしの中身
まっ黒になって突きでてばかりいる蕊
言葉はわたしの知らない世界と運命
だからわたしはどこへでもいく
わたしたちはどこまででもいく
こころを覚えることなく
こころを開いた先に
さなえ
さなえ
花芯に擦り込まれた女のまじない、ふと忘れる
ふと思いだす、ノワールやらエトワールやら
光に透かした産着のような

ルート29
連帯や需要によって横浜の幹線道路に重なる
横浜にとってはつりあわない三下の
ピーチクパーチク
再開発、うっとうしい緑化、フルスペックのきらきら
思想の戦いがプレミア
ここは牟礼村の
パーキング
人生を金で買うことは正しい
ルート29
東は兵庫とんで大阪その先は知らない国
知らない国に人生を買う金を借りる
わたしは夢を見る
現実はわたしに興味がない
ただ一つ、同窓会がわたしを召喚する
わたしは家に帰る、死んで帰る、生きて帰る
おびえて帰る、でも大丈夫

手のひらを胸に当てる、あたたかいしこりの数が
三つ、単純に
三十年の三分割、演繹だか帰納だかわからないが
「昨日の駅」という思考
「昨日の駅裏」という話、列島を理解する切符は
ずっとかなのし
「かなしい」のどこかに
ハサミを入れて
血が出ない
骨も、折れていない
蹴りあげられたのが性が抜かれた体だったからだろうか
遠い、近い、生と死
あなたの訴状はなぜか母親が書いていた
未来には届き、将来には届かない
これが町の言葉、一行の始まり
結局母親とのやりとり
わたしのなくした指先が土のなかをいじくりまわして

潜在的に許されない土地になる
よそ者がその上に暮らして
ミルフイユのような堆積と表現するならまだましで
じぶんでじぶんを淵に退かす人の気持ちなんか知らないから
顔が馬鹿
見下す見下される、ではなく
生きる死ぬ、の
重なり合った手から中指が突きでていく、この大きな肌ざわりが
仏だと思う
ずっとかなのし
かなしい七日のし
だからか
じぶんの子供のことを書いて戸惑う、アレ
壊れている、おかしい、金で人生を買ったほうが
整合性、ナンダ？　七日のほかにもある八日目のしに影が
おいつかない、笑う
途切れたままの成長期が骨にきざまれて

体のなかの線路を
いったりきたり
わたしの峠にわたしは夢を見て
けむに巻く
あなたもともに巻く、キャデラックって
タバコの名前か
なにかの梢か、さなえか
女に縁がある、いや、ふちがある
女のふちのにおいが好きだった
まじないが効いてきたか
家族か
ともにけむのなか
男の子の初潮は大きすぎる空洞だから
複数や共同体や国家や
それよりも大きなものが入れられると思って
あるいはそんなものとはぐれて
なくした器を受け取る列に並ぶ

ぶち切られた成長期の、骨に入った横筋のことを
イッチャンと名付ける
溝口イッチャン、いい名前だ
それはわたしのことを忘れる、わたしもふと忘れる
ついでになにか思いだす
龍のこと
犬がくわえている骨のこと
かきん、こつん
ぽつん
病気でもうすかすかみたいだ
すかすかも骨から抜けだして
みんなどこへいったか
関西
関西にぞろぞろ、峠を越えて
七色のテープが視神経の束みたいに
県境に横たわる
絆を

わたしはいまも嗤っている、ふと忘れる
ついでになにか思いだし、また忘れる
生きていることがつまらない
峠に誰も殺しにこない
でも大丈夫
なんでだろう
自罰といえども罰せられるわたしがいない、見ろ
なくしたじぶんの性器と臓器を受け取る列に並んでいる
こころが開かれるのだ
ルート29
けむに巻く
けむりに包まれる
いっしょにいなくなる家族
わたしはこわい夢を見る
あなたはなつかしい夢を見る
これが現在の格差
あなたのなつかしい夢はわたしのこわい夢

同じ夢
わたしは起きてあなたは寝る
あなたが寝てわたしが起きる
ふしぎと
同じ町できょろきょろしているんだけどナ
ルート29、解放
蔑みの行き止まりが
性の髄まで染み込んでいる
そこで声を押し殺し
こころを固く閉ざし
わたしも、あなたも
生まれたというたった一つの史実に現れようと
中指を突き立てる
先っぽで
なくしたものの体積がビームになって地形図に線を引く
その上だけが
道だったよ

人生は買ってこそ価値がわかる
中指の付け根で生と死が合掌している
わたしはこわい夢を見て朝がくる
すぐ夜がくる
また長い夜がきて
わたしはこわい夢を見るそして朝がくる
「日が暮れる」というのは知らない
日は別の世界に暮れる、別の世界に影が伸びる、それらが
草の上をざっとなぜる、草の根から
ぞろぞろ出てくる
また関西にいったっきり
さなえ、ふと忘れる、ふと
さなえのなかで言葉遊びする
肉の襞が白魚みたいに指にからむ
小石が尖っていく、毛が生えてくる
大丈夫と胸に手を当てる
生きていない、死んでいない

中指を立てる
あっちこっちで雄蕊が粉を吹く
砂糖だ、これで繁殖する、ばらまく、草原が現れる
自罰といえども
罰するわたしもいない
大丈夫
と胸があたたかい
繫がる
繫がる
繫がる
絆が骨に彫られている
大きな魚がルート29のなかから出てくる

2

魚／影

馴

夏の木漏れ日を浴びすぎて
昨日はレントゲン写真に浮かんだわたしたちの影
結ばれることのないそれらが漂う人《いる》と間《いない》のみなもから
瞬きほどのわたしの時間はどんな命のモードに汚染されても瞬きの数だけ
わたしのこころに沈んでいたものを誰かへと表現していく
だからわたしは泳いでいくわたしを見ている
それがわたしの鱗かもしれない韻や縁をしっかりと体に結わえ
「けつぜん」と清流のための溝を行くわたしを見ている
途中「一生、一生」とわたしを諭す苔の虚ろな精神に触れたが
その一生とやらが幾度も泡のように消えていくじぶんの体の大きさを不思議と思った
たぶんわたしは馬鹿だから
わたしの体のヒミツを知っている世界をわたしが最後に生きる場所として選ぶはずだ
そう感じながら、流れながら
いまわたしはどんな弧を描いてこの沢を曲がりあの沢を曲がり強くなっているのだろうと
わたしじしんの行き先について

わたしが使う言葉の表情に現れた瞳の日ごとにあたらしいかがやきとやりとりをする
こんなわたしがいまも憧れている魚の一群れをむかし他者の一行に見たことがある

損傷シタ私ノ右足ハ――

類例のない文法と置き去りの言語がわたしの原型を映写していた
墓標にきらめく文字が一列に丘の地形を下りわたしが使うわたしの命の縁起になっていた
だからか
素数のように友人がいない曲がり角に漁火のような一行、そして二行を灯しながら
わたしの原型を一心に理解しようとするわたしの瞳とそこにたしかに写ったものの距離を
わたしはいつもせっかちに集約していた
わたしはなぜか／のかたちに育った淡水魚なのだがまなざしは開きっぱなしで
恥ずかしいほどの春風に吹き抜けられる四肢をわたしはその内に隠しきれていない
わたしは育たないはずのわたしの体を複眼の升目のように分割して
「永遠の退屈が精製した星辰を操る全身」といった表現の
ぎくしゃくした命の集まり方の結果そのものになっている
そういった説明をひとりごとのようにはじめる夜明け

わたしの隣で話を聞くサムワンという気泡の生まれては消えていく侘しさのいちいちに
わたしはわたしの分割を宛先として添えるがすぐにどこかで剝がれる
剝がれていくのが淵のすぐそばで見えてしまっている
「ただいま」ともいわずそれは帰ってくる
「敗北」ともいわず動かなくなる
そういう現象と話をする時間が増えるから
わたしの次の仕事はわたしがいなくなることだと考えるのに不思議はなく
罰走の終わり、超越を計る天秤は見えない星になる
などという落第の一行にも詩形式はなぜかやさしい
いなくなるわたしが星の証であったということが
わたしがいま在る世界の意味とわたしの役割をわたしだけに知らせるからだ
わたしはここに泳いでいることに目を覚ます
それは詩のなした業なのだからわたしの自由は束の間だし無限でもない
だけれどどのような詩形式でもそれが不自由であるということなどない
わたしの鰓のひだがする交換はサムワンへの信頼よりも詩のたしかさにその扉を与え
そこを潜ってわたしがつかまえた「あなた」のほんとうの名によって生きてきた子供を
わたしはわたしの鰓の奥に見つけた

ワタシトイウ有機体ト言語ノ扉ヲ行キ来シタ抒情ノ肉体ガ
ワタシトイウ有機体ト言語ノ関係ヲ繋グ骸骨ニナッテ
ソノ骸骨ハジブントヨク似タ骸骨ニ恋ヲシテ
粉ヲ吹クヨウナ交ワリノ内ガワニタクサンノジブンヲ見テ
ソレラヲ集メル抒情ノ絶対ニナッテ――

あこがれた「一群れの物語」の続編《ふち》を歩いていると過ぎていく車のヘッドライトに
不機嫌な影が数個照らされる
牢屋に灯る明かりが大好きだという馬鹿はまだいるし
罰走の終わりごろには疲れた走者を数える年輩ギルドもいなくなる
わたしがそこに生きた一行にはすでに運命というものが書き込まれてあることに
誰か気づいているだろうか
わたしの谷もそのように愛に出会い、愛を失い、いずれ死んでいく
もう同様の地形にあたらしく生きようとしても懐かしくはなく
わたしはわたしの眼窩の淵で「故《な》い国」の全き風景をだけ予感している
いや風景ではないだろう

わたしが知りたい世界がどうやらあるようだ、そして
その世界はわたしのことも知っているようだ、という交感が
風景の手前でなにかになろうとしている
それがわたしのところへやってくるまでの二十数年は長かったのか、短かったのか
それともわたしはなすべきことをいちばんはじめに（数秒で）終えたのか
わたしの鰓のなかで息をひそめるわたしの約束
つまり抒情の絶対がわたしの胸を叩いて生まれた契約は
一つの生態系をわたしの命と交換している
そこにわたしが在る道理はだからない
わたしはどこまでもは行かない言葉でサムワンを見送る
わたしは馬鹿だからわたしがサムワンになっていずれ選ぶ世界をたしかに感じながらも
動きを止めたわたしのそばを通り過ぎるわたしの原型に遅れまいと
鱗のような韻と縁をじぶんの体に結わえなおし
また沢を、知らない沢を泳いでいる

染

ところでその道を行く「馬鹿な魚」をいつか風のなかに見た虫取り網で掬ってやれば
／はその両端にあざやかな緑を点描しはじめる別の線分のようにも見えないだろうか
誰もがみずからを知ることには遠いのだから
身体の終わりが近づく季節に目隠しされても歩けるようになった時間の遠近に遊び
記憶の摩擦によって書き換えていくみずからにどんな齟齬があっても
それが「わたし」とまた名乗るのなら果実の時代はそれぞれに与えられる
述べようとしても述べられない風景の所在はこんなふうに
わたしが使う生の技術に洗われながら言葉のなかで沈黙している
これがたとえば描写という方法の理由や可能性そのものであるとき
記憶の奥にある押し黙ったままの部屋をいったい誰が訪れるのだろうか
その空間を対過去《ツイノカコ》と呼んでわたしの生活には灯りと扉がほしかった
語れないそこを語るための技術ではなく根拠がほしかった
だけれどそのために生まれた詩という現実がわたしに照り返すように
ここやあそこにわたしの影を芽吹かせてわたしをなにものへと導いていったか
それだけが「抵抗」という無根拠や反動に軌道を描いたわたしの実りだと思うから

わたしはじぶんがそこを泳ぐことのできない岸辺の長さに思いつく限りの行を連ね
わたしの魂とそっくりの縁起を持つ子供を知らず対子禍《ツイノコカ》として舟に乗せていた
その子供が二〇二一年の今日という一日をどうやって暮らしているか
その生活からはすべてが終わりのように見えるわけではない
描写のすべを知らないのにその子供がじしんの物語をわたしへと
そのもっと向こうの広がりへと伸長させていくとき
わたしはその光景を戦いの場としてゆっくりと移動していく中心さえ感じることができた
わたしのまなざしの一つの特徴である「終わり」がわたしの投網の決定的な一面になって
どんな世界に広がっていっても
それですなどるものの豊かさにわたしはいつも目を丸くしている
そしてその見返りではなく代償をどこか汚い場所から探してくる
幼いころのじぶんの生得の惨めさにたいして
痛ましいのはやっぱりわたしでありわたしたちを解放できない倫理だったと呟くかわりに
「そんなにこそこそしなくてもいいんだ」という声だけを届けようとしている
わたしがすなどり
瞳の窪地でさらにそれを掬いとろうとしたわたしの矮小のたしかさこそ
わたしの犯罪が消えたところにたったひとりで生きなければいけなかった実在だし

わたしが死を内に抱えるようになって暮らしたそれからの年月は
一緒に遊び、一緒に苦しんでくれる友達を持たない幼いままのわたし《子供》のことを
ずっと見守っていたはずだから
いま、生と死の番いをやわらかくほどきながら
わたしの望みの奥で行の実質が深く呼吸しはじめている
たとえばそれは詩というジャンルの戦後にわずかに開いた窓から入ってきた
なつかしい自由の感覚ではなかったか
みなもに浮かべた投網を曳いて
時間の遅速でとらえたこころ
その淵にかなし《あなた》みが生まれたのは
わたしと言葉の関係が世界を受け入れているから
そうやって目覚めた詩を根拠に伸びようとした木々それぞれの生と死が
わたしの実りだった
いま暮れた空のどこかを指さして杏のようにちいさい女の子がルート29を歩いている
わたしはその子の体を抱きしめてあげたくてあとを書き続けようとするのだが
わたしが見ているこんな風景も存在の暗室に眠る有機性を読み落とされて
いずれ影になっていく

詩はわたしが受け入れた世界の姿である
そうやって獲得した行という表意の文字列に実りの内がわを食い尽くされても
文を創造する力はそこになんどでも生まれ変わる
わたしが受け入れた世界とわたしの実りがどんなふうに対峙し
どんな会話を交わしてきたのか
その物語の綴りがみずからを収めるたった一つの家《form》をまだ希望だと考えるからだ
言葉の可能性が羽虫のようにそこに蝟集していく未来を
バカになった詩が上演している
バカになった世界が
じぶんを大切にしている
そんな結果が詩の可能性であるわけがない
詩がみずからのことを語りはじめる「終わりの季節」にわたしは生まれたのだから
言葉の未来などただやかましい
やかましくて情けない
だけれど
みんなが行くのだから
どこまでもわたしも行くのだと思う

この町には「わたし」のそばで眠る「わたしたち」というルビを読む力がないのに
なんでだろう
暮れていく丘の向こうまで
わたしは「みんな」と行く
むかし言葉でなにかを話せなくなったとき
血のかがよいが大気に融ける星の上で
覚えるごとに体が震えた詩の書き方
そのいきさつをふうっと吹き込んだ物語は
「誰もいない」とじぶんの世界について書いてから
息をすることができなくなっていた
その物語は、ほんとうは
わたしたちが生きる時代についてこういいたかったのだと思う

「わたしが一緒にいた誰かを見た別の誰かがいたけれど
　その誰かがいなくなってしまうから、わたしもいなくなりそうだ」
わたしたちが自律していく果ての世界を光の速度で往復して
言葉は「わたしたち」の未来を食い尽くしていく

だからわたしは
昨日と明日が繋がる場所の命の含みを
昨日や明日の人たちと交換する一個の線分《みち》に
「行」という名前をつけたかった
それは運命や歴史を横切ることで
夢と絶望をどこかに記憶してしまう
わたしたちの他者だった
その他者にわたしたちはむかし、愛されていた
愛されなくなったのは、わたしたちが消えたからだ

縁日

やっぱり海を見よう、と
〈形見〉がいった

抱き抱えていた内向きの岬は
内向きに分泌していた
こころに沈む数個の先天
そこからほっそり伸びている苗は
〈さなえ〉という音律の先っぽで
じぶんのことが思いだせない
空が高いナと
港まで来た一筆書きの男が呟いた
それから零の体を追って虚数になると
岬は根元から離れていった
いない人の原型をじぶんに写生することが
はじめの性徴だった
そう感じられて
〈形見〉はいまも海に出られない
出られない〈形見〉を〈さなえ〉が見送っている
さなえ
遺伝子の忘れもの

子供のころは
川はどこよりも低いところにあって
わたしたちはそれをダムだと思って遊んだ
わたしたちのダムにはそうして「川下」とか「放水」とか
土地を潤すための条件も機能もなく
わたしたちのダムより上流はぜんぶ県境で
文を知らない感情がそこにぶつかり
飛沫になってこころに隠れた
わたしのアプリオリが休む時代の風景
眠るアプリオリをたくさん吸って、吐いて
昭和平成の脈の裏で明日死ぬ拍を聞いていた
まだ親は親であり
子は子であり
わたしは生きている
わたしはだから
わたしを傷つけたいのだが
谷の自傷はばかばかしさを通り越してどこかまっとうで

〈形見〉と〈さなえ〉が交わった跡が
ふともも付け根に残っている
そのかさぶたをはがして
癒えている傷のさらに下流
ひざ下から透けているわたしは
わたしを撃つ言葉をもう考えられない
わたしはわたしに届かない
それでも
自力の鼓動に
他力の呼吸が触れている
委ねれば
人に自傷は要らない
かわりに他者が要る
四十二歳
幼少期だけがない
それが遅配されるとして
星が炭になるのではなく

炭は炭であることを
教わった
わたしはたしかにあったのだけど
誰かの内を訪ねて
誰かの内に委ねて
そして誰かがわたしを愛して
わたしは誰かを
わたしは誰かを失っている
わたしは
なんども取り替えたわたしのこころの虚の値に
ない足の重さを乗せて
川底に積んだ「無実」の「実」を量っては
生を感じていたと思うのだが
有るも無いもないさ
谷は一つさと
わたしは笑う
いつか、震えながら

わたしはきみをこれから殴ると
きみに伝えたとき
ちいさなきみの怯える瞳にわたしは自壊するわたしの川を見ていた
それでもいまこうやってない足の小指が告発のようにあらわれて
わたしをささえている
それと同じようにいつかわたしもあなたのささえになる、と
わたしがいうほんとうの意味を学ぶあなたは
まだ生まれていない
歴史とは昨日と明日の悲しい表意をすなどる言語の場である、という一文を
あなたが理解しないのと同じ仕組みで
だからわたしはどこかほっとしながら
いつも次のように作品を書き終えている
「わたしをほんとうに生かしている関係《アプリオリ》をわたしの詩によって殺せなかった」

詩の海岸に
尽きた行の時代が満ちていく
わたしたちの消える足の戸から

わたしたちのなかへと押し寄せ
わたしたちのこころを見出し
それを見えない世界に巡らせ
誰かの命を内から規定する歴史が
力として集まっていく
確実にあなたはそれを手にする
なぜならそのようなものの過去として「現代詩《いま》」を生きる以外
わたしには道がなかったから
植えた覚えのない樹木のように
あなたの内に芽生え
あなたを終わりのない力の両端で突き破り
いずれあなたの解き放たれた一日が見るつむじ風
その意味をあなたが理解するときまで
ずっと暗いところに隠れているあなたの幼い手のひらにあなたが書く
どんな言葉も
わたしはきっと見逃さない
なぜならわたしは

まだ生まれないあなたをすでに許せなくなっていても
あなたを愛しはじめているという事実によって
わたしじしんの結末を大きく変えようとしているから
わたしがついに手にしたい歴史とは
いつまでもそうした消極の普遍であって
希望ではない
希望ではない
と二度
わたしが目を閉じた
まぶしいほどの散文の海
その浜辺で
骸骨と
舟に乗り
今日はわたしの誕生日
〈形見〉と〈さなえ〉が一年に一度だけ
双《たが》いの顔を思いだす

3

中指に掲げる、星祭り

くすり指《わたし》のほうが
すこしだけ短い
寄せて、ぐるぐるに結ぶから
となりで
消えないで
「決シテ国、ナイ」
きみの、もっと強い否定が
抱きしめられない
だってきみの国とわたしの国は
ちがうから
きみが斃れた人たちのことをいうとき
それなのになぜきみは
その人やわたしの名前をしらないのと
わたしはいつもいおうとしていた
だけれど
こんなわたしが
なぜきみの

もっとも強い否定に口出しできるというのだろう
わたしのなかを流れる血が
ふたつに別れて
島を抱える
この国を
わたしが否定しない限界に
きみはいない
わたしにはこの国だけなのに
抱えた、ひどい家のひどい男女みたいな
下半身
抱えた、えらそうなガクシャが歴史を語るウィットにもよおす
蕁麻疹
抱えた、認識によっては成長しない
人たち
抱えた、「決してない《故》、国」の自己同一性によって
生きられない
よわむし

きみがおもうのではない超越の
わたしの道に
現代の選択セットが届けられて
開いたら家郷は
和音にまとめられている
これからどこいくのときいたら
目を閉じて「国家」といった
そっちのがとおいやんかとよその方言でつっこんだ
それはそれでりゆうがあるんやろと
うんめいがあるんやろと
またよその言葉で見送った
現代の
選択ギフトセットをつくる工場で
わたしは結び目をわたしのなかにこしらえて
結び目の意味に首をくくる
ふりばかりする家郷のアヒル
が家鴨になって子供が生まれる

というお話に
どうして笑顔になれるのかわからない
わたしは縁に立つマスコット人形みたいに
未来はアホだとおもってにっこりする
わたしはここにひとりでいることを
ダレカニ伝エタイ、なんて電報は打たない
結び目をほどこされた家郷を
悼みたいのでもない

いつか
よごれたわたしが
愛しただれかと重なれば
駅の一夜で傷つけた
わたしのからだは
偽りの国のまんなかまでひるがえって
だれがみてもきれいな瞳で
キタナイ、キタナイ、と
おまえたちを、嗤ってやる

そうして
わたしを育てた人の名前をはっきりと声にしながら
おまえたちよわむしの恣意に
なぜまだ生きているのかと問う
わたしは強い否定の言葉に影がないことを
しっている
いいえ、わたしはそもそも言葉の影しか
しらないのだから
言葉を受容することにおいてみさかいがない
その影が
わたしのぼろぼろになった体に〈恋人〉や〈友人〉の種を蒔いて
なにが実ったというのだろう
歴史書のなか
避けえないことの邂逅の頁から
こころが逃げていくとき
ほんとうには獲得できなかったものが言葉であり
自己でしょう

だからどこまでも逃げていくわたしのこころが
「決してない、国」を抱きしめるとき
わたしのこころの実りが落ちる場所もまた
影をもっていない
国は体言止めのまま
わたしやきみの意味を
うしなって
だけどそれに言葉が加担すればいいとおもっているのは
おろかなことだと
詩にされた人たちにもつぶやく
やめようそんなとこいるの
名前も覚えてもらえなかったでしょう?
そうしてあなたたちを呼ぶ人じしんのことも
教えてくれなかったでしょう?
「決シテ国、ナイ」
きみのもっとも強い否定を
抱きしめられない

「決シテ、ナイ」と
突き立てたきみの中指が
ほんとうはきみの胸をえぐっていくことに
きみは耐えられない
わたしはわたしの正しさにきょうみがある
こんなわたしの
決して、ない、わたしの
命の告白に
ずっと隠れていた傷にきょうみがある
わたしがこの国を否定しない限界に
ウジ虫が湧く
それを叩き潰す人にはみえない
国道29号線、きみは
このどうということのないものが接続された
骨と体が
百年後には決して
託せないものをしっているだろうか

わたしはそのころ
きみが素足で土をふみながら歩いていることを
祈っている
きみの望みがかなう場所を
願っている
祈りも希求も
自己への切開ではないから
きみはよろこんで土のにおいに咽ぶこともできる
約束とはそういうもので
つなぐ手を永遠に借りてもいいという信頼に
わたしは永遠に、救われている
だけど現実とはなに？
この余りものは
この体は
このはざまは
この右と左は
この上と下は

なに？
わたしの生活の意味がさしはさまれた
本の
ぜんぶが腐っても残る
わたしの生活の意味の強さは、みる
わたしたちの縁に現れた友愛の奥で眠る
古い仇を
それでも
本能とのおしゃべりで互いが正しくあろうとする戦いを
沈黙で両替しながら
わたしは対価を払い続ける
わたしは
わたしの体に貫通したままの性の跡を
歩いている
わたしのこころの実りは
落ち続ける
だから、こころの実りなどない

実りはわたしなのだから
きみも、実りなのだから
そうやってきみと避けえない頁で出会い
互いをころそうとおもうとき
こころに逃げ場所はなくて
言葉が役に立たないというその絶景に
わたしは生活をする
このどうということのないものの、一生
わたしたちの、一生は
生まれたという悲歌に戦ぐ
一個のテロルとおなじ意味をじぶんにみつける
自明の石を踏んで
この川を渡るのも壊すのも
簡単でしょう
いつだって
わたしたちが
わたしたちといえるのは

わたしたちが他者であり
他者は
嘘をつかないから
嘘をつけない体と歴史を
わたしにみせてしまうから
わたしは目を閉じても他者の「ほんとう」をころす夢をみる
わたしはそのことを忘れない
そうやってひらひらしたきれいな服を着て
一面の花柄が腐ったら
またあたらしい服を買って
人たちのなかを歩いていく
言葉や態度でつくことのできる嘘の世界には
手をつないでいこうね、だけれど
わたしにはもうみえない約束の一頁のきれはしに
「こくどう29ごうせん」と書いて
足のうらにも
「けっしてない、くに」と刺青を入れて

わたしは
ふむ
わたしの実りは
影をもたない
なぜなら実りは影であり
影はわたしたちだから
わたしたちは
悲しみと自由の混交を歴史だと曲解して
かならず抱きしめる相手を間違える、いいえ
わたしたちはただ
抱きしめる相手を間違える
今日は
避けえない一頁
こころをころす漏斗の淵に
流されて
寄り添った
きみしかみえなかった

死んだ人たちは
どうでもよかった
わたしの人たちを否定して
わたしはいつも現れていく
くすり指《わたし》のほうが
すこしだけ短い
きみはわたしのことを
どういうふうに覚えていますか
「決シテ国、ナイ」ですか
それできみは
わたしに許されるのですか
わたしを覚えていますか
わたしのとなりで
消えないで
ファック

長い散歩 X－I

X

朝
昨日のなごりに
起こされて
足あとを記譜に変えていく天使が
これから始まるお話のための
言葉になったばかり。
その葉先に

水を遣り
「この物語の論理はきみにゆだねる」
と書き残された、プロローグ。
この部屋には
作家の気配がいつもしていて
それはほうぼうに
歩きはじめる。

IX

なぜか悪いものが去っていく。
すこしだけ辛抱していれば
じぶんの孤独が形を持って
目の前に見えはじめるまでにもなる。
この孤独は
育てられた時間に似ている。
いったい誰にだろう。
死んでもそこにある孤独よ、と
作家はいつも詩の結び方を
考えている。
悪いものがわたしから
遠ざかっていくように思えてならない。

この部屋には
物語の気配がいつもしていて
今朝はいつ起きたのか
わからないけど
ここに言葉が生まれる、というのは
ほんとうのことだ。
それを「目が覚めるように」と
喩えてから
それら一つになった文の主体が文それじしんであることに
二度、光を見て
一度、暗やみを見て
都合、三つの窓がこの部屋にはある。

VIII

作家が出発を一日のばしたのは
まとめた荷物のいちいちの由来が
喧しいからだ。
そのまま一年がたち
二年がたち
このあいだ
トランクのなか、あるいは
体のなかで
光を保ち続けていたものはなんなのか
やっぱりわからない。
ウーン、と
唸ったわけでもないのに
ほうぼうで、ウーン、ウーン、ウーン。
そのうちに小さく笑うような音も
まねされて。

これらが同じ卵のなかに集っていたのは
いつごろの朝のことだっただろう。
それぞれの声の持ち主について
わたしはいくつかお話を作ったのだけど
いまは人の、育っていく時間のほうが気になる。
死に向かって、死を超えていく時間。
あなたがあなたの目の前に取り出した時間。
ああ、このことを誰かに伝えたいのに
書くことがこんなにメンドウくさい！　と
作家は卵の絵を描いた。
このなかで
物や言葉が増えていくのは
わかるけれど
いまだに光源であるはずの一日はどこか。
その解析だけで一生は過ぎて
何度でも過ぎて。

VII

ほうぼうの人たちへ
作家から渡された卵に
恋の模様が現れている。
ほうぼうの人たちが
若かったころのこと、いや
生まれもせずに「ただ若かった町」の刻印。
なぜ人は思いだすことをもう一度
悪く経験しようとするのだろうか。
ほうぼうの人たちも
作家のように歩きはじめる。
庭の光のなかに立つ、つむじ風のことを
「飢餓」としか形容できないくせに
という自嘲はなくて。
こんどはわたしのところに

誰かの卵が届けられる番だけど
ずっと冷たくなっていたこころにも見たいものはある。
生きているうちは責務というものに
かかずらわっていたのだから。
そう思って
何年か越しの散歩に、作家は出かけていく。
それは部屋をずっと留守にすることだと
気づいている。
ドアを閉じて（鍵をかける必要はない）
また作家の幼生がそこに息づくまで
庭の光はからっぽだ。
いつも古く
生まれるものが多い場所。
親のいないいつむじ風は
水辺までの方向をすぐに理解して
感情を覚える間もなく、動きだしている。
そのとき

起源か未来を選択するなら
どちらも同じことだとつぶやく生家の背景を
たいくつだと思ったかもしれない。
文字の跡を歩く人は、どうして世界を愛したことがあるといったのか。
残されたものの親和力はなぜ世界と手をとりあったのか。
その事実になぜ正しさは抗しようとするのか。
いったい正しさはどこで生まれたのか。
これら、つむじ風のなかにあらわれた疑問に連れられて
「ただ若かった町」は
幼年期に向かって老いていく。
そうやって暗闇のなかへいっさん駆けだして
人類それじたいが終点であるような道を行き
望みはついえ続ける。
なぜ、と
通りゆく人たちがうす笑いをうかべ
貧乏ゆすりをしながら
真実の所有者にピアノを弾かせてみようと

世紀末までずっと、いやな顔になっている。
わたしは生きていることよりも悪い語りを生きることで
いつまでも「ここ」と平行する「どこか」だが
その意味をわたしからわたしに翻訳しようとつとめてきたと
作家は感じている。
文字の跡を歩く人は翼を持たない。
責務とは責任のなかの実務だから
今もこうやって暮らしを続けている。
三つの窓から差し込む
三つの光や闇と同じ質量のまま
それらがなくなれば
空虚と同じ質量のまま
文の実在を証している。
わたしは生きることの反証を生きて
わたしに二度かけられた橋の上で
ずっとわたしを待っていた。

Ⅵ

「きみが世界の構造を書くのなら
わたしは個の構造を書いて
いつかそれを一つに合わせてみよう」

どこかの水辺まで歩いてきて
作家が思いだした約束。
だけどこれは、ほんとうに「約束」だったのだろうか。

人たちの体をあたたかい風が吹き抜ければ
「文に他者はいない」という名前の鳥が
手のひらに舞い降りてくる。
いま作家には
そのことを教えるための生徒がいる。
それが二人なら二人目を
三人なら三人目を
数えることができないような人数。
だからなのか、作家は際限なく眠りにつくように
生徒に話すことがある。
夢に似ているそうした授業のため
作家が考えた三つの設問。

一　さきの約束文をほんとうの文節で区切ること
二　そのうえで「文に他者はいない」とわたしがいったのはなぜか答えること
三　さきの約束文に「行」があるか、じぶんの言葉で答えること

作家はすぐにも答えをいってしまいそうだったけど
ちびの生徒はじぶんたちの口に人差し指をあてて
どこまでも届いていきそうな「しーっ」で
どこまでも、静かにさせていく。
その軌道を弧で描いたら
漫画のふきだしのようになって
なにかお話をして、といっている。
たとえば
書いているとあっという間に過ぎていく時間が
「こうやってあなたに回帰していくお話」。
まったくちびの生徒は括弧の使い方がうまくて
作家の言葉のなかで
その「こころ」ごと、遊ぶことができる。
であれば一つめの問いは簡単だ。
二つめの問いは一つめの正解にしぜんと導かれるのだから
これも簡単だ。
そして三つめの問い、その前に

人たちに確認しておきたいことが作家にはあったのだが
人たちのこころに触れることや、それを試すことに
「《ヨイショ》わたしは疲れている」《コラショ》
また、括弧に秀でた生徒のしわざ。
あんな歴史に、行はありますか
ではなくて
「《ヨイショ》あなたの歴史に、行はありますか」《コラショ》
庭の光のなかに
つむじ風が立っている。
それを探すからだろうか。
あるいはぜんぜん探さないからだろうか。
人たちが思いだそうとしている
生まれてもいない国。
ほうぼうで発明される新世界からやってきた清教徒は
よくしゃべる。
だけれどここはそれぞれが憩うための水辺であり
少しだけ休んだら、人たちは

またこころを起こして歩いていく。
ヨイショ、コラショ。
書いて暮らすことは
そういえば、こんなかけごえに似ているのだった。
一日のためには多すぎる荷を押して
疲れてしまい
丘のなかごろで眠ったことも多かった。
夢を見ているうちに消えていく時代や希望も
あっただろう。
なぜ書いたのかと自問することはなかったけれど
書いているうちに消えてしまったたくさんのことと
今、長い話をしているのだからよいだろう。
ここまで作家は思って
一度こころが触れあっただけで
じぶんと同じように老いてしまった生徒のために
すこしだけつらくなっている。
わたしは、わたしの舌の上でとける砂糖のようだ。

すると、作家の言葉を
樫で作った四本の細い脚が
ヨイショ、コラショと持ちあげて
一日が暮れるところまで運んでいく。
「あなたは、あなたの舌の上でとける砂糖」
だれかが作家の耳元でささやいて
三つめの問いの解答は、こうしてほどかれていく。

V

音階を外してはいけない
それがじぶんの言葉であればなおさら
とくにはじめの数小節は
ほんとうは違えるはずのない記憶でしょう

ちょっとずつでもわたしは
ものを読んできたと思いはじめていた。
それらの残滓のさらに
根雪になってしまったようなところを見つめながら
言葉の風が凪いで
火が消えた部屋の未来を言表するのに
もう勇気などいらない。
その部屋には言葉が生まれるからだと
いっただろう。
多くを得てもこころの裸体がゆく場所で
誰にも会えないからといって

生まれるものの声が聞こえないのではない。
小さな老人が鍵盤のないピアノの前に座って
一小節目を弾いていた。
わたしがそれを「聴こえはじめてきた」と思うと
次の小節を語りだす、ほんとうに
音を違えることがないというのはどういった秘儀なのだろう。
小さな老人は止むことを知らないという。
別れることも。
この人がわたしの世紀となり
現実となる一日は
今日だろうか。
作家のへその緒の螺旋がぶるぶる震えている。
わたしのなかから来る時代。
孤独と恐怖を占有してもなお余りある世紀の広がり。
それらにわたしは、わたしの滴っていく悲しみの跡を
すでに見て
すでに

導かれていて。
正午すこし前に鳴る時報の音で
作家は準備してこなかった弁当を
カバンのなかから取りだそうとしていた。
運命や死を説かれても
あふれるものが語りだす
その内容にひとりの余命がすこしだけ
ゆたかになって
人たちと交叉することもあった。
覚えているだろうか、と
架空のランチを食べおえた作家は
知らない人たちの肩をつかんで
根雪の奥のぬくもりについて
話し続ける。
だがいまはそれが大切なことなのではないと
作家は知っている。
わたしたちにとって大事なのは

正午をこえた時間にわたしたちに回帰してくる
わたしたちの過ぎた日々の子供。
恐怖とは
わたしが内に持つ現実の別名に他ならない。
あるいは、わたしのへその緒につながっていくような
螺旋の名前――つむじ風。
なぜ悲しみは
怒りになるよう
永遠に遺伝する命令を帯びて
嵐に巻き込ませるように
わたしに時代を見せたのか。
それを考えるための夜は昨日の夜だったということに
作家は気づいている。
もう朽ち果てた庭の光のなかで
飛蚊症を患った言葉がふわふわ集まって
もし存在《わたしたち》の物語が可能であるのなら、という
仮定のかたちになっては

また散っていく。

Ⅳ

抽象の星々に
暗がりが一つずつ。
わたしとあなたの間にある

天体望遠鏡のレンズを通して
わたしはもう一人称ではないし
あなたも二人称ではない。
水辺には誰か、光る人。
今日の日付と時刻を確認すると
カバンからコンパスを取りだしている。
抽象の星々の
暗がりをすなどる網のふちに
わたしはじぶんの名前を書いた。
ファミリーネームは
ファミリーの場所にお返ししますねと
二十一世紀にささやいて。
もう
一人称ではない。
うちなる重力のむきだしのあとの
庭の光を浴びて
どこまで行こうか。

抽象の星々に
一つずつの夕暮れ。
いつかそこから生まれたわたしたちは
そもそもハッキリした事象ではなく
言葉によって著されなくともよい書物を
瞳のうつろいだけで書きながら
夜を越える。
手さぐりで
詩の道を通えば
運命に抵抗するための祝福をうけて
言葉は現れるのだろうか。
それが
わたしたちを準備する暮らしの
昨日の記憶だとして。

見えない手で
見えないいきみを

生き返らせたかった

どうも網の向きが、違うんだよなあと
「今日の丘」に立ち
コンパスとにらめっこしている誰かがつぶやく。
「昨日の丘」で遊んでいた女の子は
コンパスこそ持っていなかったが
同じことを考えていた。
彼女の世界のふちにも
大切な人のサインが書かれていて
「明日の丘」とは
わたしたちのこころや言葉が
自然への矛盾として端的に
抵抗であるということから夢見られる
かけがえのないものだった、と
過去形のテレパシーが届く。
それもまたあいまいな話だけれど

わたしたちの一生は
いつもこうした自由を秘めて
死の溝を流れ
ゆくえをくらます。
さすれば一個の星はけっして循環系なのではない！
こんなことを
得意顔でつぶやいた「今日の丘」の英雄は
顔を赤らめた。
なぜってその瞬間に
彼は「昨日」を愛しはじめたから。
わたしたちを準備する暮らしの
すこしだけ昔の記憶。

ほんとうは足りていた愛よりも
もっと多くを持たせて
ひとりで行くきみを
いつまでも守りたかった

抽象の星々には
暗がりが一つずつある。
それらをすなどる網の端で
わたしの名前が消える。

III

反省は一日で足りて
翌日はいつも
別の日でなければいけなかった。
わたしたちは

互いを好いたまま憎み、別れる。
どちらかの背中に
透明な翼が見えたら
時代はその向こう側。
さらにその向こう側には
誰も先回りできない場所があり
翼のない
まなざしの人の表情だけが
何十億も取り残されて。
いなくなった人を探している、と
いまわたしがつぶやくとして
わたしは
その瞳になにも映らない誰かを
見つけようとしている。
あるいは
片目が抉られたもの。
その顔に

誰もいなくなった部屋を持つもの。
一日を旅することは
思いのほか長い。
ここでわたしは
わたしの瞳について書きはじめたのかもしれない。
たとえば歴史書のようなものを。
「《ヨイショ》詩人」《コラショ》
わたしの子供たちは
一日の峠まで
括弧に容れたわたしを運んでから
一瞬の稜線の、一瞬の突風に
時間や運命の概念を感覚して
ずっと遠くに
翌日や
その翌日の景色も
見ていたはずだ。
あなたをここから運んでゆく場所がない、と

悲しそうに子供たちがつぶやいてから
わたしは
アニメのなかでも
絵本のなかでも
どこだっていいんだと
思わず、いってしまう。
思わず、子供たちの瞳からまっすぐに
熟すことのない、ため息のような光が伸びて
その耀いにたなびくたてがみを持った馬に
わたしはなりたいと感じたのだが
反省は一日で足りて
その一日をわたしはじゅうぶんに過ごしたいから
「今日」を越えることなく
わたしがなくしたものの
死んだ人のような体と表情を見て
なくしたわたしのすべてが
いっせいに立ち止まってしまうここで

「明日」への態度を愛として苦しんでいたいと思った。
虚無の水が注がれたコップを
目を覚ました子供たちがめいめいに
手にとる朝がくるまでに
わたしは（これは決定的なことだが）
あなたたちのなかからいなくなっていることだろう。
そうして、あなたたちには届かない「魔法の言葉」を
焦げた砂糖の苦い汁と
あなたたちの、熟すことのない光を混ぜて
わたしは、創作する。

「キミガ世界ノ構造」を書くのなら
「ワタシハ個ノ構造」を書いて
いつかそれを一つに合わせてみよう

これが、これらが
修辞であり

わたしがわたしである
叶うことのない理由のぜんぶ。
過ぎてしまえば、簡単なことだったと
わたしもどこかで微笑んでいるかもしれない。

II

作家の手をひいて
「僕」は歩いている。

幾多の窓から光がさしこむ
長い廊下だ。
この光がなにに由来しているのかは
わからない。
恐怖?
希望?
虚しさ?
忘れもの?
明日にいないじぶんを語ることほど
おろかなことはないだろう。
昨日のことは
決して記憶などでは知りえない。
おや、この部屋の鍵は開いたままですねと
リノリウムの床に反射する言葉が
立ち止まる。
Garden のなかの特別室は
特別に、見つかりにくい。

ここで
書いてはいけないこと
言ってはいけないこと
それらが他愛のないルールとして
世界をつかんだと思うこころに消えていくとき
はじめて与えられた一人部屋に
春風が吹く。
窓から？
ドアから？
それは誰も持っていないものだから
創らなければいけない。
そうして
そこから出ていくのがじぶんなのか
そこに入っていくのがじぶんなのか
よくよく考えてみることだ。
こればっかりは
同じことだとはいえない。

あなたはもう
時代の子供ではなくなって
逆らうことのできないつむじ風といっしょに
こちらにやってくる。
今度は
言葉を覚える時間もなく。
だけれど一つの国語を流ちょうに話すことなど
そもそも無理だ。
人の文法には
幾多の言語が鍵盤のように並べられている。
そういってわかりにくいのなら
幾多の言語を話せるわけではないが
そこに言葉がなくとも
どの鍵盤を弾けばいいのかは知っている、と
いってみようか。
あなたに届く喩えはむずかしい。
なぜなら喩えは人も魂も

選ぶからだ。
「僕」は、音を違えず弾くことのできる驚きを
経験ではなく
明日に求めている。
すると明日にはいなくなる「僕」の
見えない遭難者から
手をつないでほしいと
声が聞こえる。
つないでほしいじゃないだろう、と
「僕」は思うのだが
ここはそういう谷だ。
みな、尾根には出られない。
長い廊下に水が押し寄せてくる。
閉じるだけのドアは、でも頑丈だ。
そのなかに永遠を飼って
もうこちらにくることはない。
作家がいま暮らしている部屋は

そのような現象を古典として持っていて
開くためのドアだけ
つけ忘れている。

I

朝

昨日の時代を駆け抜けて
足あとが記譜になる天使は

これから始まる歴史のための言葉になったばかり。
その葉先に
いつか虫取り網でつかまえた〈行〉が
とまっている。

「たとえば」の話と後記

わたしの言葉には多数がうごめいている。わたしが不遜にもその過去や未来、運命を洞察した多数が。ゆえにそこに表現されている精いっぱいの言葉の世界はわたしの世界の限界でもある。その限界を詩と呼ぶことにためらいはない。これは詩の論理というよりも人がする認識や言語行為一般についていっているように思う。そこで「わたしの限界は詩である」ということと「あなたの限界は詩である」ということに差異はないのではないか。このとき「詩」はわたしとあなたにとってただ同音＝shiであるだけのものなのだろうか。この問いの大きな影のなかに「わたしたち」はいる。であればこの詩篇もまたはじめから書き直さなければいけないのではないか。「わたしたちの言葉のなかには多くの人たちが生き続けている」という書き出しで。

この十年間、向かう場所が閉ざされてしまったかのような時代がひとりひとりを指さしながら意識と思考の変革を促し続けてきた。それはジャンルとしての詩にも大きな影響をもたらして、ちょうど近代詩と現代詩を分割していったような線を今日と明日のあいだに引こうとしている。そのような懸崖をやすやすと越えられはしないということをわたしたちの心細い身体は知っている。ここで問題になるのはだけれど「克服する人間」の物語なのではない。この時代にわたしたちが発する生と生活へのあたりまえの願いに気づくことができないくらい、わたしたちの言葉がなにも信じられなくなっているということが、今日という時代の問題なのだ。わたしたちをつかむべき言葉をわたしたちは廃棄している。こうしたことはひょっとしたらいつの時代も絶え間なく起こっていることなのかもしれない。だけれど、その「廃棄」の振る舞いが日本という国の貧しさや野蛮を総動員するような風景になり果て、わたしたちの身体に暗い翳りを落としている今日、わたしたちがそこに生みだす恐怖や蒙昧は、この新たな「戦後」の局面で、わたしたちじしんを陵辱しなおしながら、わたしたちの過去や未来、そして愛着あるこの国の身体——国土とその歴史——をも大きく変容させつつある。このとき「わたしたちの言葉に生き続けている多くの人たち」がなにをいおうとしているのか。わたしの言語表現が関与したそれら多くの他者のざわめきがなにを望もうとしているのか。わたしたちはひとりでそれを知ろうとしなければいけない。一人称単数の生活と責務を都度、呼び戻して。

もし「詩の技術」というものがあるのなら、それは「悲しみへのセンス」の有無についていうことと同じだとわたしは思っている。さきの表現をふまえれば「わたしたちの限界である詩は、人の悲しみを感覚している」という文になる。するところでいう「限界」はべつの言葉にも置き換えることができる、というよりも、その可能性をこの文の感情と論理が示唆している。たとえば「輪郭」という言葉をそこに呼び込んでみないかと。だから「わたしたちの「輪郭」である詩は……」。それから別の可能性「わたしたちの「命」である詩は……」へと移ることもできるだろう。こうやってそれじたいが別の可能性である文と文が重なって(ひょっとしたら「行」という)物語が生まれる。どこか人生にも似た、この物語、可能性に満ちた、叶うことのない物語のなかで、わたしたちのこころは育ち、それぞれの言葉の性格を多様に運命づけられながら「わたしが語ること」へと歩み出していく。たとえばこんなふうに。

「わたしの遺伝子を衛星のように周回する詩の方法、つまり悲しみへのセンスは、いつだって明るさをもってわたしを次の時代に送り出そうとしてきた。わたしはその明るさのうちに、人が摂理によってたんに死を迎えるだけの存在ではないということを信じたり、「わたしたち」という語の意味のもとに今日の「わたしたち」をつなぎとめる岬のような風景を思い描いたりできるようになった」。

そう、「たとえば」の話。しかしいったいそれによってなにを暗示したいのか。どのようなイメージ、存在をたとえたいのか。おそらくそれは「わたしの限界」である詩。「わたしの輪郭」である詩。「わたしの倫理」である詩。「わたしの命」である詩。あなたのそれと同音である詩。「それ」と指示されたときに「わたしの限界」を超える夢をみている詩。そのなかにhomeという音を響かせて、そこから出ていくものやそこに帰ってくるものを同時に生んで、同時に消してしまう、たとえばわたしたちをかたちづくる原子としての、詩。「わたし」とはそれらたとえられる限りの詩と姉妹や兄弟である可能性を意味する人称であり、その限界なのである。「たとえば」という始まりや含みによって創り、語り、つかもうとする韻律可能性とその終焉。「たとえば」の光源である詩と双子であるかもしれない顔、身体、こころの実在とその消滅――「わたし」そのもの。わたしたちは「たとえば」から発せられる光を頼りにその「わたし」を探し、つかもうとしてきた。そして、その「わたし」をわたしたちはいつだって世界に投影しようとしてきた。これがわたしたちが送る「生活」の、ほんとうの意味と姿なのではなかったかと、過去と未来に問いかけながら。

　さて、まだその表記が決定的な間違いになっていないのなら、現代詩は確かな人間の姿を内に秘めて必ず現れる。この狂ったような契約に導かれて共同体の運命、あるいは自己の血や遺伝子と対峙し、それぞれの時代に存在を言い張るものが「詩の一人称」である。それは詩という解消しえない自己について語ることを不可避の命題として持つ物語の、展開可能性の根源である。人の言葉が今日なにも信じられないのは、その根源を自分のこころに見いだせないから。自分の身体が熱い表意の場にならないから。「そうではない」と発語するためにわたしは生まれた。そして今、「あなたも同じだ」と書いたビラを、わたしにとってきわめて戦後史的(父母的)な「淵」であり、今日という一日の前で意気地なく途方に暮れている、自分とそっくりな「国道29号線」の空に撒こうと思う。そうした意思が詩という見えない「わたしたちの分身」の位置をときに的確に（だけどやっぱりせっかちに）探り当て、それらの「言葉になる才能」を触発し、開いていったとき、この詩集によってようやく可能になった行の表現があると感じている。そのなかに存在するまだわずかしか目覚めていない「明日」をいつか実りのように収穫する読者が現れ、それぞれの時代、それぞれの生活の「希望の表意」であろうとしてくれたら、これほどうれしいことはない。

二〇二二年五月十七日　中尾太一

ルート29、解放《かいほう》　新装版

著　者　中尾太一
発行日　二〇二四年十月三〇日
発行人　春日洋一郎
発行所　書肆子午線
〒一六九—〇〇五一　東京都新宿区西早稲田一—六—三　筑波ビル4E
電話　〇三—六二七三—一九四一　FAX　〇三—六六八四—四〇四〇
メール　info@shoshi-shigosen.co.jp
装　幀　清岡秀哉
印刷・製本　モリモト印刷

ISBN978-4-908568-46-6　C0092